改变，从阅读开始

韩松精选集 Ⅵ

假漂亮和苍蝇拍手

江苏凤凰文艺出版社
JIANGSU PHOENIX LITERATURE AND ART PUBLISHING, LTD

总序：怀着感激地活着并写作

今年是我写作科幻小说三十六年。感谢汉唐阳光、未来事务管理局与江苏凤凰文艺出版社的编辑和工作人员，他们以极大的热情和友情，为我出版这个精选集。它包含长篇小说《红色海洋》及《火星照耀美国》，这两部是再版，因为之前的已经卖完了，有读者希望重印；中短篇小说集《苦难》和《冷战与信使》，前者是新作，大多还没有正式发表过，后者包含了我获中国科幻银河奖、全球华语科幻星云奖、世界华人科幻文艺奖、星空奖、引力奖等的作品；随笔杂文集《我一次次活着是为了什么》和诗选《假漂亮和苍蝇拍手》，这两部是新尝试，收录了一些“另类”之作。

这是我第一次出版“文集”，六个封面都是布兔画的，非常精彩，她也是我的作品《地铁》《高铁》、《火星照耀美国》首版的封面画师。布兔敏感、细腻而神秘，她好像长有另一双眼睛，能见到凡人见不到的世界，她笔下展现出来的艺术魅力，已远远超越科幻。我对她满怀钦佩和感激。

我初中写科幻到现在，一直没有中断。我见证了中国科幻在改革开放后的高潮、跌落与复兴，它是这个国家现代化的晴雨表，也是大国崛起雄心的表达，乃至苦难风暴过后的彩虹映射。大概因为如此，科幻才在今天成了一种火热的社会和文化现象，被许多人讨论。不少人还正在把科幻小说改编拍成电影，以创造一个史无前例的新局面，这里面，就包括我的《红色海洋》《火星照耀美国》和《冷战与信使》。又一次，中国科幻似乎进入了一个繁华喧腾的时期。我恭逢其时，内心弥布纠结的感激。

今年是世界科幻诞生两百周年。这我也赶上了。今年初，我赴瑞士，感谢施建国先生和聂晓阳先生的帮助，我得以来到日内瓦湖畔，谒访了一八一八年玛丽·雪莱女士写作《弗兰肯斯坦》时住过的旧居。湖光山色，宇宙在上，我所看到的万物已存在了一百三十七亿年，人类在这颗星球上也出现了五百万年，我凑巧出生在这段可以用科幻来表达对世界的感触的片刻时光中，参与人类对宇宙的终极思考，怎能不心存感激呢？这似乎专属于西方的科幻，在一百多年前进入中国，如今，中国科幻又反向输入西方。像这部精选集里的一些作品，也被译成外文在国外发表出版。我对译者们致以衷心的谢意，他们证明了科幻是一种世界语言。

也有人担心，科幻在中国的进程，会不会像历史上反复发生的那样，再一次被打断。对此我不能确定，正如难以回答人类未来的命运将会怎样一般。许许多多的科幻已经描述了人类结局的种种可能，有的悲观，有的乐观。不管今后会是怎样，我都要对我现在作为人的活着而拱手称谢，因为我或许本来可能成为一头猪、一只羊的，那样我哪怕对世界有所体悟，也无法用文字表达出来。

这些年里，常常有人问我为什么要写作科幻，怎么坚持下来的，如何跟本职工作协调的。我有时说是因为兴趣和爱好，有时说是由于家人、朋友、同事和领导的鼓励支持，有时说是作为现代人需要有丰富的想象力并关注科技对人性的改变，有时说是我们不应该停留在过去而应该面向未来，有时说是因为要让自己拥有一个跟别人不一样的世界。最近我则是这样觉得的：每个人都有责任，把自己在这个片断宇宙中的经历，尽可能记录下来，留给另一个宇宙中的我看。因此，我要代表那个未知的我，对此刻的我，道一声谢谢。

韩　松

二〇一八年九月二十七日

目录

真言

把尸体充上电，
把人造在平面。
镜里匿藏森林，
纸上建起宫殿。
往来都是云影，
口中难吐真言。

奇葩

天还有半小时就亮了，
孤儿却总是摸黑出发。
电梯里同事见面即老，
垃圾上绽放万年奇葩。

白布

在夜幕背面行走的人，
从后向前删除着时间。
把白布挂在每扇窗前，
挡住回不到脸上的眼。

茶花

茶花古道生幽木，
西藏冰雪满四壁。
儿童花下吹号角，
浮尸如海涨山河。

新年

除夕之夜，我独把自己点燃，
却不能成为灰烬，供人瞻仰。
像我这般人，世上还有许多，
狂欢散场时，谁能一一数清？
赤了双脚，站在储藏陨星的空屋，
漫天的桦树上，长满了冷黑石头，
闪亮或若酒杯，炽烈却犹如幻觉。
这就是除夕的长夜，士兵还在巡逻，
食堂三楼的太平间，早已宾客满座，
为的只是一年一度，招待饥饿死者！
一具具笑容可掬，身材苗条或粗茁，
勾肩搭着背，互递名片，手印污浊，
有的还唱着，有的还笑着，有的还哭着。
我从宴饮中逃出，成了半途退场的懦夫。
幸好有军大衣铺织的街巷，卷来把我庇护，
乞丐们猫儿般倒悬在楼廊，高唱山妖之歌。
新年莅临，正如同坟茔中驶出的队队灵车！
但我为什么要心急火燎，大步迈入？

——那只是可疑而可咒的未来之门。
我其实多想转身，重返群尸的盛宴，
那里红红火火，觥筹交错，
仅需咬紧牙关，稍一回头。
我后悔了吗？他们音讯动听，好似铜铃。

时间飞逝，不觉已到大年初一，
我潜入冷冰冰的自然博物馆，在此安营。
看到孤寂的化石翼龙，盘踞了宇宙之心。
而只有我一人，来无人的馆中探望自己。
我却不能飞身跃起，把你这位贵客奉迎，
因为我的骷髅之躯已被昨夜的冰晶烧干，
因为我的魂魄之精已被去年的花鬼掠走。
新年早晨，白日勃起，昏星浮升。
我号哭不停，面对面质问本人：
为什么你还要有眼睛？既然你已被窃去 DNA。
连这副薄薄的小骨头，也成了散架的垃圾车！
我实已不能飞翔，为什么身上还要长满双手？
难道是它们替代了脚，令我在鬼窟仓皇奔走？
但你要去哪里呢？连爆竹也不敢点燃的家伙！
在骷髅上坐下，泪流满面，慢慢回忆吧，
昨夜子时，下山的狼群已进化成了蝙蝠。
图腾俱早已应验，高高照耀在摩天楼顶，
那正是你被众手托举，死也要够到之处。

但你没有低头去看吗，这些五指丛生的剑戟，
已在你长蛆的肉体上，血淋淋地刺出了罪名！
是的，来年不无可能，这万载难逢之幻象，
透明红灯笼升起，纸鸽飘摇，从聚成都市，
与新年钟声一起吹散，是海中沉舸的橹声。
数字正在重新组合，二变成七，七变成四，
四变成四十二，四十二变成一，一变成零。
新年这天，才知所有的，都退进了昔日。
天不再寒冷，女人的胳肢窝，煞白地高举，
探照灯似的，啪啪散发出，暖洋洋的狐臭。
像她们一样，存在已不顾羞耻，火山一样沸响着。
生生世世，日历翻过，另一面仅仅是乳罩的紫色。

这时电话铃骤然响起，像一支冷箭！
——除夕之夜，我的慈父暴病身亡！
粉红的裸尸，谁来为您穿上底裤和礼服？
那样的胖，好像去年吃的肥肉还未消化，
久耽病床，却急着要去赴新年招待酒会，
与那些石榴状的年轻人一起，笑笑吃吃。
空空圆桌，星辰飞扬，脑浆四溅。
谁还记得数月之前，体育场上空，
烟花已把一切预演？
万象只不过在重复。
故人乍去，新人们就摩肩接踵，昂首来临，

明天的未亡人，面带了怎样的害羞的沉默！
故作勇敢，争相爬上舞台，把可怜的底牌抖露。
老人们纷纷攀出棺材，打开电视，看新闻联播。
爷爷婆婆们，在套红的海报下孩童般怯然窃笑，
把沾满尸水的脚丫搭在床栏，任凭保姆们捏搓。
就这样，新年姗姗来迟，这是最后的一个冬天。
骨瘦如柴，码上超市。
它很昂贵，却极便宜。
原驰蜡象，残阳如血。
弯弓射雕，大陆断裂。
只有月海深处，尚余莺歌，
嫦娥展水袖，且为寂寞舞。
这春天还没到，已经碾得稀烂了，
外星人骑着自行车，在寻找自由。
……
这些，仅仅是你的感觉，
还是别人也皆如此觉得？
毋须奢谈什么复仇，男人们豪气不再。
侠客都回家了，打起麻将，吆五喝六。

在这短暂的一天，世界显露了本来面目：
比水更油腻，比色彩还昏黯。
比星星更像石头，比蓝更白。
比硬了的还要软，比疯了的还要平安。

比道路更短，比生命更空。
比现在更过去，比未来更狭窄。
比眼睛还要瞎，比太阳还要黑。
……
于是，我们活着，是因为我们究竟记忆过。
但都说是新年，到底又是哪一天的开始呢？
我们生长于水泥间，解体在空气中。
我们绽放在礼炮里，消逝在黑暗处。
你大张了嘴，说些什么已不重要。
无声比有声，更像是新年的礼物。
没有苍茫大地，只有这一把浮尘。
什么都已过期作废，包括牵挂与思念。
如上所说，在这数字亦无法确立之夜，
谁还会报答你呢？
一年下来，都已这么劳累。
终身而过，毕竟无法言说。
为何要得到这一切？既然已经拥有。
而既然不能得到，也绝不会失去吧！
就像天天要拾阶重上，
头上注定罩有一盏灯。
永不熄灭，不分季节，不辨岁月。
在这非常之年——
不要言，那会引起地震。
不要笑，那会遭人忌恨。

不要哭，那会打开嫉妒之门。

不要爱，那会坠入无常轮回。

从天到地，世界只是一堵灰色水泥墙。

上面写着：小子，你他妈偷着乐就行。

谨记，灵魂的淤血中，多少代贼人尚在喘息。

没有公寓住的家伙，把债务全记在了我头上。

都知道我把钱揣在兜里过年！

——这个可笑的乡下人。

病

去看没人能够染上的病，
去治喊着才能听见的病。
当病本身成了一种病，
在每一只眼睛里流行。

行车

行车腾飞三千里，
犹是梦中死魂灵。
世界装入碎纸机，
档案袋里住活人。

白色老人

橙色的桌面上有四台银色计算机，
有四个穿白衣的男人被机器反射。
第五个是二十三岁的女人，
在世界的端点上朝我站立。
她的腐败面孔正对着左侧，
爆心中央的活体实验动物。
房屋的营构却工整并完美，
报纸头条裁下的一段语句。
十字交叉坐着的是第六位，
白色老人。
前面说的男人及女人则是
变形之猿。

玻璃窗外飘飞起固态的云彩水池，
倒映出的莲花眼神尽然短暂局促。
历史裂谷间童言无忌的粉蝶唐人，
依旧在鹅黄的山河之下独自旅行。
有的人竟去到了风雪皆空的边塞，

摇摇摆摆大笑着死在了昏鸦树下。

但这些忧郁如窃贼的人们，
只盯紧书及屏幕上的残痕。
事不关己的寡落旁观样子，
血污之手翻打煤气味扉页。

剧变时大鸟才扑啦啦站起，
换上灰褐色的千重瓣羽衣。
蛆虫横生的拉链系上领口，
一言不发群行至魔鬼电梯。
铁门里兀然吐出一张铁床，
横躺长满铁锈的绝症病人，
与时代眼歪目斜打了照面，
看到鸡奸后的骷髅和诗意，
身体里的密密虫卵和钱币。
亿万高楼正在一层层融解，
凌空凸现摇摇欲坠的阳具。

就在这固若金汤的城堡里面，
有五个人永远面向窗户和我，
默如恒石的四男一女，外加
一位白色老人。

不可思议

去做那些不可思议的事情，
去追逐妖怪并在墙上爬行。
它们不似壁虎而形如蜻蜓，
把不知愁滋味的孩童诱引。
仰天嗥叫满身血污不在乎，
撒开脚丫张网捕捉警车灯。
危险的日子最是欢乐无穷。

那群恶棍俱在泥土中死去，
只剩我一人潜伏在重症室。
一夜夜守看彼物东升西落，
每半个月它令人狂喜一次。
黑暗赠予我忍耐作为礼物，
并与死神缠绵的高潮遍体。
把每一滴泪从大海中掬起。

石头的人群中木偶转过身，
车门玻璃上映满倩女幽魂。

这本乃剜你肉的那把快刀，
却是你挖去了她那颗甜心。
满载往昔少年痴念的列车，
只在铁轨上遗下半袖清风。
爱意和乡愁俱已了无影踪。

想过要飞回你的空虚怀抱，
革命的口水早已经干涸掉。
红旗上涂满人们吐的绿痰，
人们在投票机器后面乱搞。
人们重新穿上灰色的制服，
人们走上大街像细腰母豹。
渴望动乱的时日再度来到。

我梦见打印纸上画的鬼城，
在塞外静候我死后去定居。
那些草原上和那些阳光下，
那些比野兽还干净的房屋。
它们无不像湖水一样衰老，
与永逝了的时光一起上路。
黄沙掩埋了蒙古马的尸骨。

心迹

就好像对夜说的话，
一滴水珠也会融化。
传奇不在我们手头，
仅见海潮如舌高挂。

掰着指头数尽冬至将至，
夜短无眠时才是冷的始。
枯树叶已在冰棺中打底，
半袖衫却还在遮掩心迹。

这一代

从北大和清华毕业，我们到祖国各地。

一代人已经丧失锐气。

没有钱吸毒，也从没胆量吸毒。

同学们聚会时，就喝四瓶啤酒，二两二锅头，抽半包三五。

你神色慌张潜入地铁，穿廉价夹克衫和牛仔裤，一个革制挎包是你永恒的装束。

里面胡乱塞着，一叠稿纸，两支圆珠笔，三包头痛粉和一本《新华文摘》。

苍白佝偻的细腰上耷拉着寻呼机和一小串钥匙，其实是你身体发育畸形长出的奇怪骨节。

你这见惯不惊的生化人，呼吸着二氧化硫，你的汗臭体臭和同事满身的处理西装和大宝日霜气味。

打开有线电视新闻网，看海湾、情人徐娘戴安娜、小伙克林顿和女孩莱温斯基。

去南极和雅鲁藏布江大峡谷探险，去波黑流血，在金字塔下泪流成河。

去井冈山参加笔会，在火车里你走神，想着比尔·盖茨，同性恋，在黄洋界沉默的炮声中沉默。

从会员制仓储买下最后一本《孙子兵法》（而《论语》却存货颇多），它已被一个叫龙安志的美国人译成生僻英文。

此君住在东四的一个四合院里，练跆拳道，学习汉语。

在他暖气四溢的屋角，搁着几杆发霉的红缨枪和火枪。

对你说请看，这是八国联军留下的遗物。

你心中无数，悄悄嘀咕来嘀咕去，要不要告诉他：中国可以说“不”？

每天清晨，你们集体乘着梭鱼一样的班车，一边眩晕，一边下流地冷冷打量，卖晨报的下岗女工。

在地铁里阅读*LADY CHATTERLEY'S LOVER*，*NEWS-WEEK*，有时是《北京青年报》《南方周末》。

你们从不吃早点，竖起衣领在寒潮到来之前钻进恐龙般的办公大楼，它像一支阴茎在未来高耸。

你们十几人团在一起，说着黄色笑话，体味电梯的滑腻金属，它的芬芳刺鼻，它左上角隐藏的小穴监视器。

你整日玩电子游戏，躲进帝国时代的硝烟滑铁卢，粮食、木材、黄金和石头。

报纸批处理的潮水不会把你埋葬，也不会把你冲醒，这样不知过了多久。

才从计算机旁缓缓撑起害颈椎病的身躯。拧紧眼镜螺丝，从窗户望出去，你迷恋的混凝土网络森林。

没有一座门牌上写了你的名字，你核桃仁般的权利。

一片片的落日裸露，冻坏在脚手架的钢管骨节间，丧父失母的小鸟在瑟缩。

那是你一年年换下的废心脏，年检时发现窦性不齐，在沙发上的自慰午睡与升级的游戏纸牌中刺啦折叠。

你不到三十，就害了肾病，你已不胜酒力，喝两口就要呕吐。

眩晕中，你看到庄子，他从长城饭店云雾缭绕的十三层山洞里，露出暧昧的白牙笑容。

喝醉了你就哭，当着那么多同事和上级，说，“我爱他，他是我的白马王子！”他们以继发性的忧郁微笑注视你。

人群样的灵芝，悬浮颗粒中的抽搐，红绿灯霹雳下的领舞者。

商场深处跳跃燃烧的女式内衣，阿迪达斯和宝马，杂志封面一闪而过的鼎鼎大名。

地下通道的盲人二胡，哗啦啦的硬币雨，新马泰的人妖珠光宝气。

你妖魔化自己，也妖魔化一切。

进取！进取！逃避！逃避！这是你的催眠座右铭。

你也有稍微安静的时候，当黄昏诡笑着浸满你十二平米的合住宿舍，你用简写、繁写的方法，拼出汉字的种种五笔字型。

在李白的月光下，你拉起一幅帘子，隔开对面床上同屋与他女朋友的动物嘶鸣。

在屈原的江水上，你换乘钢铁风暴水翼艇，携工程师诗人在三峡大坝上撞得粉身碎骨。

你整夜梦游尼雅，寻找文明过去的辉煌，邂逅了楼兰美女的狰狞尸骨，是意料之外的收获。

就这样，一年年绝望地拆解象形字根，再手忙脚乱，把它们重新组合。

你用满脸皱纹和微薄的岗位津贴，毕生度量太阳从赤经上呼啸而过的得失，在退休前一天竟看出了夏商周断代的依据。

噫，一切总会有它的用途，在狼群出没的人才市场里，你总是有主意。

在最后一刻，你又尖叫着放弃，并挑战男人的发式，嘲笑女人的表白。

策划是你的常用语，你拉的赞助在风云争霸后湮灭。

在舞台上，你把话语的权力和梦呓，捆绑于麦克风巡航导弹，投掷给少男少女，向率土之滨播撒。

你是歌星领袖，媒体三合会和董事长的应召女郎。

你这嫉妒、傲慢而滑稽的天使，你藐视群雄，又自暴自弃，摩托罗拉手机是你的宠物妖精。

你绵绵的形象陨石雨轰炸着下河村村民受骗的选票和口袋，所有的毁誉参半和口干舌燥的传销欢娱。

还有啊，漫漫长夜原是多么短暂，仅供睡眠一觉，做可数的几个梦，不但谈不上过瘾，还让你深怀悲戚。

有时多么希望和失望，你跟大师们跑龙套，驱赶坟墓里的死人，从荧屏上盛装而行，商鞅和慈禧比赛卡巴迪。

在三星级宾馆的包房里，你用欧元招安水泊梁山，发现了妇女解放、人权人道、存在主义的大众主题，后现代的人肉包子。

你在漆黑孤单的回忆里崇拜周润发，英雄本色，你不幸晚生三十年，错过了枪林弹雨。

你跟深圳来的老板去洗头洗脚洗桑拿，这是你最得意扬扬的失落一夜。

每次出差，你都为同事和上司捎回特产礼物，你永远风尘仆仆，亲切随和。

你想托人从景洪买回一把手枪，把身边的几个正人君子连同办公室主任刈倒，像七岁时和弟弟比赛，射击动物玩具。

但你害怕，但又希望走火，子弹洞穿自己的太阳穴，你这胆怯的公子哥，足球场上的坚定爱国者。

你才默然回忆起在中关村攒机器的日子，香喷喷就白开水吃着肉丝盒饭，那大好时光已一去不复返。

正午时分忽然惊醒，头脑空空却塞得满满，仰望月光，这贞洁的人痴痴等待狮子座流星雨。

把她们一口饮尽，天上、地上和灵魂的星光，无穷的饥渴在每一个绝望的凌晨。

用红布包紧手电，照亮网络上的条条丝绸之路，处处洒满马尿味、艾滋病毒、时间和头皮的碎屑。

你这生逢其时而又生不逢时的变形虫，已经等得不耐烦，看，大十字彗星正喷薄而出。

猫终于叫了，以五十六开速率，内心一阵阵慌张窃喜。

门开了，通向何方，却不在我们脚下，拜托了，痉挛的执老鼠的右手。

等待从哈佛商学院抵达的电子邮件，众神之车和奖学金，一边诅咒郑和。

循规蹈矩的你骨干的你预备党员的你这天忽然递交辞职报告，让处长们满脸肌肉扭曲，让司长们跌下宝座。

你从国家安全部调到人民日报社，从社会科学院调到中央电视台，你崇拜信息权力。

你睁眼混着，计算日子，一生七十年，两万五千天，每一天都要过得更有意义。

对于真诚的相信和自欺，电脑就是它的盾牌和龟壳。

在涂抹别人的脂粉时，霓虹就是它的广告和商标。

对于奴隶来说，侃侃而谈就是它的主人。

大学只是你的实习车间，学生会是你的修行洞。

你朝思暮想，一夜之间成名，一顿饭修成正果，一席话脱胎换骨。

你期盼诺查丹玛斯、张宝胜、火星人，时代超级巨星的来临，带来罗斯林的脱氧核糖核酸，周林频谱仪的万应良药。

带来侏罗纪的龙骨，未来启示录，村上春树，但你最终拒绝执行和同情。

因为你来自高加林的小镇，在惶惑中已习惯了这些大都会的概念和冲突。

因为你与你种地的哥哥、卖淫的姐姐早已互不相认。

因为你嫉妒吃麦当劳长大的新一代弟弟妹妹，在浦东隔江而治，全都胖得像硕鼠。

你尾随人大教授，你的中学同学，到百家书店，把书籍的背面翻过来，定价的地方用阿拉伯数字写着：自救。

同学笑着一指它说，都离婚两年了，再找便找湖南人，去赴玫瑰之约。

他说：“人生处处是盛宴”，“幸福寄于水土”。

边说边咔吧一声挺直了尾闾，学着诺曼底登陆，你们刚看了《拯救大兵瑞恩》的盗版光碟。

我亢奋，却不敢同行。海滩、杀场、办公室和演播厅，他们全都以貌取人。

我年复一年犹豫而忧郁着尽快结婚还是保持单身，从《读者》和《女友》下载众说纷纭的谆谆教诲。

我操你们，我同龄的作者大叔编辑阿姨，明星寄生虫，胡说八道误人子弟的垄断时代巫师之徒。

我与流行同床异梦，回忆这一群中，屈指可数的几个女人，比较她们的长相、身材和个性。

她们在离婚前夜和当日，让我请她们中的一位去三里屯酒吧，自以为是性情中人。

看来是读多了《女性月刊》，再早要追溯到琼瑶、王朔，还没有进入聊天室就开始手淫。

我为你小巧玲珑的身体、思想、话语和姿仪发疯，一夜夜手书不敢寄出的求爱信。

暗地里恶心和亢奋，看在眼里，你灵气的二流图画背影，子宫深处和腋下的黑毛。

以及你自私自利的金钱玩意儿和本性，你性感的虚伪，你的数字化生存。

你参加学术讨论，参加全国性征文，把脑汁像盗汗抛射，只因为精液比汗水还稀薄。

你咀嚼人参藏药，珍珠七十，计算着能换一千元港币，好分期付款买辆富康轿车，在你的阴道长安街上行驶。

你这分秒不停的耗电大王，提前十年就拿到了机动车驾照，郊游的组织者，抽屉里放着三本毕业证书。

我们相约，参加疯狂英语学习、党校、广告人员上岗培训班和职称评定考试。

当下课铃响，我们痛哭流涕，沿着三〇一医院外的结冰街道疾跑，等待说最后那声“您好”。

我们，是多么地惭愧。你本应该过得更不好，但你却生活在他开创的物质世界中，你幸福和痛苦着丰衣足食。

在寒风尽头，幸运与不幸的一群，电视栏目中逗人一笑的焦点话题，即时兴奋剂的实话实说。

你边看边哭，最后的偶像男人随风而逝，在基因工程的前夜，上帝也不能幸免，啊，伟哥！

而你为什么要活那么长，你没有文化，你不是钱锺书，你没有社会阅历和地狱背景。

你是准知识分子。

不知道凯旋门在哪个方向，什么是资本主义，如何建设资本主义。

你满腹经纶却什么也不懂得，在希望饲料面前你是头猪，却要自封为养猪人。

你浑身上下长满市场之眼，却不懂得如何营销自己。

都说你赶上了好时代，你不该自认晦气，你的父母天天都在为你操心。

是什么使你看到了不属于你的，是什么使你自己也不敢去认自己？

是什么让你自觉自愿掏出毕生积蓄，购买了准备预支自己一生的那间小屋？

你的答案，在重庆还是在百色，在日喀则还是在海口？

也许，是在外婆的来信中，她详述了我的四柱，殷切地嘱我改名。

她老人家曾带我去拜见得道之人，对方能看见祖父在水牢里，看见我的身后还有两个索命鬼魂。

他们当场为我烧了一道黄色纸符，指出，我命中木太过，缺少金。

“你们这一代的灾祸未去，一定要谨慎小心。人生的幸福，全在于给自己取一个正确的名字，而不取决于它有多么好听。”外婆说。

我却违背了她的箴言，因为白堂子胡同派出所没有认识的户籍警，而我又好面子。

但我从此以后，真成了半信半疑的动摇之人，听他们从另一个世界为我的身份证招魂。

一年多来，我遍读星云奖科幻小说，读金庸，意淫小龙女，一九八四，这时看见你涉水而过。

不，是涉过你自己布下的夜深人静，你得意的红外伪装色。

你，上吊而死的未曾谋面的前辈同事，在卫生间的暖气管上把自己装进一条印花棉被。

都说你孩子气，你固执地躲着，永不出来，只抛下一个漂亮女儿，正当花季，在鲁迅中学读初三。

我们一起去探望她，见她的胸脯已微微隆起，在雪白的衬衫下，美好的未来正在咔吧萌发。

空杯

就像把分娩认真练习，
学会在梦中喊醒自己。
小孩和蟾蜍破胸而出，
笑眯眯地用独眼看你。

丛生在沙发上的玫瑰，
毛茸茸盛开一袭赤魅。
佛掌般蝴蝶飞来歇息，
被钉死在了琥珀茶几。

穿球衣的雄赳赳男人，
假装在电视机里横行。
世界只是在世界之外，
空手端起来一只空杯。

故乡

梦里欲返家，
乡音皆已忘。
银杏成森林，
盈天大坟场。
鼠窝遍山城，
瓷猫守大江。
群群无性尸，
清凄月下翔。

证件

塑料证件挂彩云，
喜羊灰狼结伴行，
神话难耐到天明。
夜半手机铃鬼号，
月下血光黑白影，
万民齐舞八段锦。
锦上添花程似锦，
花下锦绣万人坑，
坑中绵绵埋冤魂。
冷冷山河笑吟吟。

骨头城堡

在骨盆间搭起柴篷，
在肋骨上支起炉灶，
听寒风绕梁，枯树呼啸。
亲手筑就奢华精舍，
用这向上盛开的莲花宝座，
迎接我的贵客，好不热闹。
来的是蝼蚁、蛆虫、蜈蚣，
满地红光，百年盛宴也无法比照，
魂魄拧成双股螺旋绳，千环百绕。
眼睛是满盆花，肝脏水解为降尘，
是永生者的沙漠甘霖，眉妖目娆。
忽见这万千世界的无限迷宫，
颓败的公园中也有情侣紧紧拥抱。
他们又从何而来？
虚无也能把有序创造。
又见枝杈间有银辉闪耀，
时间的树梢上落满马头大鸟，
绿叶中央有坐禅的枣核之人，

把运动当作鸩毒一口饮掉。
海水沸涨，天地燃烧，
泡沫的终结洗礼就要来到。

等待世界末日之钟敲响，
我四散在八方的骨头会重聚一堂，
它们是肱骨、尺骨、桡骨和股骨，
以及亭亭玉立的琵琶骨，不停歌唱。
从每一个荒郊野外哗啦啦直立走来，
醉酒汉子般摇摇晃晃，
彼此亲切问候、跳跃，兄弟般摩肩碰撞。
然后在轮回车间叮叮当当，
与世界一起拆了又装，
看地狱船台焊火通明，
鬼工乱影，斧釜铿锵。
眼瞅大飞机从深水浮出，
满载空空货物，
飞越传说中的生死界河，
却坠毁在了火红的南方。

钱锺书，一九九八年十二月二十一日

万年青中，盛开着这一朵，奇异的纸锡箔，金黄的丧灯下，你传说中的容颜我第一次目睹。

谁敢断言，这便是照片上的倜傥书生，英俊少年，媒体纷纷猜测的神秘人物？

黑色呢大衣包裹下一小截熄灭的木炭，形同无物，也桦树冬枝般清瘦单薄，脆弱易折。

死者不戴眼镜，这营造了一种假象：你终于拥有了永恒的视力，无所不察的自由之心。

而头上的黑色呢帽，意象繁复的桂冠重负，使我产生了回到未来的记忆。

这多少年文思泉涌的大脑机器，纵横交错的万千沟回，就盘旋在一颗蚕豆颅内，两小时后也要灰飞烟灭。

它带走了多少秘密，连那相濡以沫的爱人也不得知？

每个人，总有他的隐情，哪怕对最亲近的人，但评论家和媒体人对此绝少提及。

只有殡仪工刘大爷看到了真相。他说，最初，死者眼未闭，张着嘴。

（连他也早就知道这个名人，“写了很多书，我看过电视剧《围城》。后事办得这么简单，很少见。"）

据说杨绛在过去四年中，每天到医院相伴，从家里捎来热汤饭，亲口喂食。一只老鸟把幼仔哺育。

你是那么柔弱，后来，以至她以八旬高龄，挺身而出，捍卫你的名誉。[1]

这一头老来发威的母狮！人们或许要等到你的生机光环暗淡，才能一睹她的真容，但今日她的啸声却远近消匿。

她同样是一身黑色呢衣，由你的主治医生和保姆搀扶，在下午一时三刻姗姗步入北京医院的草草灵堂。

角落里堆挤着十几个花圈，但没有挽联，连哀乐也不播放。

门口有一群港台记者，被工作人员礼貌地拦阻，就用变焦镜头，从马路对面偷拍历史。

再就是几个亲属，朋友。本地新闻界并不知情。

这时你的尸体从解剖室（他们是这么说的）抬出来刚一刻钟，你和她，便从两个陌生的世界走向重逢。

这种奇异杨绛大概早已料到，所以不打招呼，不显急迫，你隔开一米，端站着看了一会儿丈夫。

这时，中共中央政治局委员、中国社科院某领导走过来，双手轻握你冰凉的右手，两人应对了几句。

我紧站在你们身边，却只听见一串含混如水泡之音，似来自远古深井。

我慌里慌张转头去看钱先生有何反应，这时耳边极不适时地传来"腐儒"的呵斥，是从哪里来的？！

四顾无人注意，我悄然反观内心，把自己吓了一跳，唯觉难逃其咎。

然而，凭借思想和知识，谁就敢说洞悉天机？

我重新打起精神，看到你把一个比饭碗略大的精巧花篮，双手摆放在丈夫身上，快接近脚尖的小腿部位。

篮中跳跃着挤满紫色和白色的细小花蕾，毛茸茸颤巍巍不让人，河外星系的多年生奇异植物。[2]

它们在灵堂中刮起几道诡秘闪电，满足了灵魂不依不饶的干渴。

你的回忆和脸庞也因此鲜艳娇嫩。

白发老妪，如花少女！

你们曾由于什么一见钟情，勇敢地承受世间的沉重欢娱？书本就没有告诉你们其中隐伏的后遗症？

这用银丝深藏的爱情，亦未能拽住鬼魂的匆匆脚步。

把一切做完，杨绛步出灵堂，到院中，在小凳上坐下，安静地佝偻瘦小身子。

保姆理了几下，她的数根乱发，有人凑上前，半蹲着像在安慰她。

以个人身份前来的中国社科院副院长王忍之，一直默默护在她的身旁，青黑的一尊山石，而她像一只蚕蛹。

这当儿，钱锺书的尸体，被四个殡仪工，塞入一口绛红色细小棺椁。

他们熟练操作它，顺入一辆拆掉后座的白色丰田旅行车。

棺木在离地一米处平移，时间约有一分钟，杨绛的目光如钳跟随，直到后车门从两侧向中间完全合拢。

事物的消失感一下罩住了，现场露出绝望神色的人们。

这种情况下，灵魂和人体，多么容易被看不见的魔术师从笼中移走。

这时，老太婆忽然自己站了起来，周围的人害怕她跌倒，慌忙扶住。

杨绛曾言，人过了八十去世，便是“喜丧”。那么，何谓之悲?

你们唯一的孩子，去年也已病逝，这一脉，竟在此终止。

两点钟，钱锺书的灵车头扎黄白缎带，投入了万千车辆的洪流，杨绛坐在司机身后那个位置。

同车的还有医生、保姆和外孙，挡风玻璃之外，明朗的视界融化成一个灰亮大湖，生命乐此不疲的原汤沸煮!

灵车没有走长安街，而是由台基厂、前门，过宣武门和西便门，再从西三环上公主坟，就到了去八宝山的必由之路，连文人们也钟爱的归属。

这北风平息的一路上，车子时常为红灯所阻。

它像一条游船，慢悠悠划过怪物城堡西客站、城乡桥、翠微大厦的梦幻玻璃墙幕。

没有停靠麦当劳快餐厅和海军大院、上海浦东发展银行、中国电子进出口总公司。

圣诞节的促销气球宣告盛大游园开始，人行天桥上，连同大兵瑞恩的铁丝网钢盔。

还有别的许多船儿在漫步天穹，国际空间站的配件，铱星照耀，沙漠之狐也屏住呼吸。

港台记者驾驶巡洋舰紧紧追击，在英伦三岛留学那会儿，你还没有听说过“帕帕拉兹”。[3]

这一路上，再没有遇到故人，出游的市民看上去个个都对你毫不在意，五彩羽绒服是他们的风帆，鱼群一样的人流挥动手机桨叶。

杨绛没有回头看一眼，身后冰凉不动的舵具。

而你舒展地仰卧着一无所知，由东向西穿越飘满阳光的北京峡谷，沿岸长满欲望的混凝土原始森林。

昔我往矣，杨柳依依，今我来思，不见雨雪霏霏。

到达彼岸共耗时四十分钟，留下让人大松一口气的空白。

你的最后一段旅程，知趣的无痛脱离，世界已不属于你。

不再期待，电子游戏厅中长大的孩子，排队买《管锥编》。

聊天室中的窃窃私语，比你的葬礼还简单的快捷连接，连初夜权也可以下载。

朋友看新闻后议论：

“八十七岁的妻子送别八十八岁的丈夫？！”

“午餐白吃！防病毒盘靠什么升级？”

“克隆时代的神话故事！一味避开外界难道构成了他们的核心战术？”

我想猛敲他们的狭窄脑门，却在痛苦不堪的腥臭喘息中，看见了湖对岸新建的码头。

清华园里多了许多装配车间，批量生产知识，秘书，兼带呱呱叫的北京填鸭。

电影导演直销鸦片战争，学习正被革命，脑干中埋入芯片，比天赋强大百倍。

胡同牙子里贴满了七十二弟子的寻人启事，大众的唾沫正营养着精英的呼吸。

振荡着电子信号蝌蚪，肉体解放的小公共抢去了旧客，他们在做精神的手淫。

你沉默下来，在过去四年中就很少说话，尤其是女儿去世后，学问也不再做。

你读了那么多书，为什么没有学习佛陀，他说：“人生无常，四大皆空。”

而你终究要靠火解，要二三亲友相送，要留下年迈寂寞的妻子独守长夜。

学问毕竟是私人财产，一件带不去的行李，现代人最后的心理长城，你又何必那么认真执着。

我紧随灵车前去八宝山灭圣，心肺一阵阵抽缩，我在思虑我的退场致辞。

我想现在就融化在无字之书中，去看一看另一个世界，它就在我的前方十米蠕行。

我有些担心，那里万一还有，另一个火葬场，另一个大湖，那该连接哪一个宇宙？

黑色的时空之猫就在八宝山烟道中爬进爬出，目光深陷。

如果她修行了百亿年，夸克就完全可以自由交流和转换。

那么，假如有来世，我一定不再读孔孟，人文艺术在沧桑间只是一具朽棺！

在进入山门时，扎武装带的门卫害羞地向灵车举手敬礼，把我带回苍松翠柏面前，王忍之脸色微变。

紧跟着出现了喧闹集市，星期一赶场的无数生灵，印证了我的微妙预感。

而送别你的，只有二十余人，却已大大超过你的生前预算。

你被匆匆置于一个新的灵堂，除了在五七干校，你还没有被如此摆布。

你这拒绝《东方之子》和哈佛名誉教授的倔老头子，是什么终于使你俯首听命？

这样的安排，今天每一个安排你的人，到头来也无法逃脱。

白发人回去后，今夜将噩梦频仍，反省思过，年轻人将一生沉重！

我看见，这间灵堂里，没有摆放花圈，也没有哀乐，除了亲属，无人佩戴黑纱，港台记者也都没能如愿进入。

钱锺书不喜欢一切“世俗的事物”，死后还是躲入了早筑好的八阵图。

这心海坟丛，孤岛中的孤岛，大西洋的连天狂涛也无可奈何。

都市的繁华与荒芜，公民沉默权的终极避难所，世界上最后一个隐士没忘记展示孤独风度。

他曾是多么忧惧啊，但无冕的教皇从此就要远离篡位的威胁，虎视眈眈的图灵机推销员。

再不用看甲壳虫大军入侵社科院宫殿的重重裂缝，这竟是半个世纪书报刊重压的结果。

曾经，只是因为你的存在才使一切看上去轻薄，使这片土地的出产显得贫瘠。

然而，定好的火化时间是三点半，你终究没有逃脱人世间的程序枷锁。

本就没有庄周的瓦盆游戏，倒增添了寻呼机的伴奏，客人的牢骚斥责。

而你也没有想到，杨绛却成了现场的主角。她坐了一会儿，忍不住站起来，走到你的身旁。

她两手扶住棺沿，一动不动看丈夫，但没有把盖住男人脸部的白布揭开。这样坚持到亲友把她扶走。

此时，另一位学术大师胡绳拄着拐杖进来。杨绛和他又来到棺椁边。这回，杨绛把白布揭开来，微微仔细地看钱锺书。

然后，她回到座位上，定定的目光只与地面交接。

胡绳露出少见的异样表情，他默坐在杨绛左侧，两个在一秒钟内忽然衰老了十年的老人。

他们以棺材为舞台布景，让好奇的观众反复拍下这幕合演的哑剧。

胡绳，马克思主义者，著作等身，他也在盘算自己明天的事情？[4]

大家都有点手足无措，甚至他们的秘书和保姆也不敢挨前一步。

不知为什么，过了两分钟，胡绳有点尴尬地从遗孀身边站起，快步走到人气重的一侧。

某部部长也委托副部长前来送行，这是个戴黑边眼镜的过分热情之人。

有人禀报：《人民日报》画漫画的方成来了，要不要把他放进？

他们都客串了你最后的形象设计大师。

然后面向你排成三四排横队，杨绛带着大家三鞠躬，像纪录片上那样进行遗体告别。

又过了一小会儿，殡葬工进来说时间到了。大家便把棺盖合上，簇拥着钱锺书前往火化室。

这尾巴般的临时性游行队伍，一点也不张扬，路上还经过了停放在墙边的一个普通死者。

树枝般的手臂悬挂出床沿，袖口露出一段鲜艳毛衣。

这时，好像是你的外孙女，从身后抠她男朋友（丈夫？）的手心。

在那个没有编号的靠北边的灰色炉子前，钱锺书暂停下来，等待工人清理炉道。

马上，后面又排上了一拨给别的死者送行的本市居民，胡绳、白克明、王忍之等都已经统统走掉。

工人把放在钱锺书脑袋边的一张发票般的单子拿起来看了看，确认了一下要烧的人无误。

然后打开炉门，从里面拉出刚烧过的一具尸体，火化床上清清楚楚看见许多没烧尽的白骨。

这引起了大多数送行者的惊奇，他们向前攒拥，形成小小的骚动。

在这拥挤嘈杂的世界上，是谁给钱先生腾出了这神秘的私人空间？

当着众人，工人把骨头骨灰唰唰铲进一个筐里，高叫：“退后！”他开始用一把扫帚扑扑驱打尸床上的余灰。

这奇怪而狭窄的暖冬里飞起了炙热的瑞雪，一些人开始咳嗽，但默默无语。我也扁桃刺疼，但仍如痴如醉，看那精灵狂舞。

这汉唐的蝴蝶，迷乱的未来之卜！

我想起小学一年级时，和同学爬进一座掘开的坟墓，在里面发现了一个青花瓷碗，一段腿骨。

当时外面传来阴幽人声：“作孽啊！你们两个，六十岁时，将瞎掉眼睛！”

我们出去寻找，四下里却空寂无人，阳光直泻而下。

为什么在七十年代，就有了这样的神秘预言？那时候小孩子只知道寻找水蛇。

那时我怎么能知道你们夫妻间的暗语，知道“洗澡”也是一种刑罚？然而命定了是我来打破你们终生祈求的平静。

而你们本可能更早死去，二三十年前，一张草席足以裹尸，你们为什么没有选择这样的简洁？

是什么使我们无法选择，共同熬过了时间的幽默？

我担心地去看杨绛，发现她面无表情，未捂口鼻，小巧端庄地微矬腰站着看工人干活，中间仅横隔了她男人的棺木。

不知什么时候，她摘掉了鼻梁上的眼镜。有人一直把她轻轻扶着。

然后轮到了钱锺书。他的两位学生，也已头发花白，帮着工人把棺椁推上火化车，那千万人睡过的烈焰煅床。

而我眼前喷涌出百亿个火宅，无数婴儿宇宙中的轮回恒星海洋。

碾磨着旋转着生命微尘，把透明的死飞蛾抛向过去将来，四面八方。

刺骨的太阳风在真空中无声劲吹，每秒三千千米，灵魂的速度却快过了光速。

当车子进入炉堂时，时间的对称性被彻底破坏，杨绛没有看，目光落向了地上的滑轨。

炉门关闭的瞬间，另一个世界的真相忽然展现，我把这稍纵即逝的神示牢记心间。

杨绛仍没有看这通往未来的真实方向，她站着不动，眼神依旧没有可聚焦处。

有人劝她坐下，她坚决不肯。有人催她离开，说专车准备好了，她说：“不，我要再站两分钟。”

这面无血色的老太婆没有掉一滴眼泪。

出席这最后送行的，包括钱锺书的女婿、外孙、外孙女，他的学生，以及学生的学生，一些朋友。

钱锺书希望丧事从简，没有通知任何人。有一些人是听说后才赶来的。

“如果大家都知道了，光海外来的，可能就会有上千吧？”社科院的薛先生说。

这碌碌半世的学者刚才也吃惊地看到了另一世界忽现的面目，但此时却王顾左右而言他。

夏衍之女沈宁女士说：“还是让我们看钱先生留下的书吧。”这真挚的遁词！

北京的新闻记者几乎都不知道遗体火化这件事情，在场的只有一名新华社记者，这小子始终与气氛格格不入。

出席送别仪式显然耽误了我自己的时间。我又回到单位，但已无心工作。

回家的路上已经华灯初上，千万辆汽车流向过去。

北京城的光焰自一九一一年来就过于直露，地铁蒸发着汗味焦油。我不敢看旅行者们刚刚苏醒的花粉状面孔。

我很口渴，却恶心喝任何水。我很希望下雨，把一切洞穿漂洗。

就这样挨着。对面的一对情侣，在嬉笑着共阅一份《南方周末》。

我与幸存者一起，在八宝山站下车，这时，我完全没有意识到白天这里发生的事情。

我陷入了鬼影幢幢的三轮车夫拦路截客的重围，他们许多是下岗工人。不远处就是洗头屋的暗淡红灯。

我觉得，人与人，是多么地相似。

年轻的妻子热好了饭菜在等我，猪血汤又香又辣。洗衣机发出欢畅轰鸣，还有冰箱的电流嗡嗡声。

我们一边吃一边看电视剧，《山城棒棒军》是重播，女人开心笑着。

这多么不容易。我怜爱地抚了抚她闪亮的黑发。

这时我想起了杨绛。

我忘记了，那个夜晚，有没有月亮。

注：

[1]《文学自由谈》上杨绛与宗璞的笔战，涉及几本出版物中提到钱锺书曾对宗璞父亲冯友兰进行“诽谤”“污蔑”，杨绛撰文，称纯属捏造。

[2] 紫色的是勿忘我，白色的是玫瑰。花篮是根据杨绛的意图，由其身边的人编织而成。但在新华社播发的通稿中，却成了由杨“亲手所扎”。稿件是杨本人审定的。

[3] 英王妃戴安娜，被写花边新闻的记者追击，这据说是造成其丧命于车祸的导火索。这些被许多人视为苍蝇一样的记者被称“帕帕拉兹”，系根据外文音译。

[4] 次日，《胡绳全书》座谈会在京举行，百余官员、学者和记者参加。

深夜

深夜里万物停止了走动，
才可以把僵尸完全置放在原地。
扭头去寻找量子的涨落，
看见真实张开了赤裸的静默。

悬空处有一些三角形的电视和电脑，
拱起黑色屏幕的立体脊背。
矩形套环形的宇宙里，神话排好队，
空调收了翅，音响则怕人。

万物仅敢于面对失眠者逞威，
自然界本是这样的紧张对峙。
等到矛盾的弓弦绷紧时，
灿烂星空下响起妻妾成群的和声。

不存在的缤纷色彩，形似女人的透明夏衣，
下部的肥腴肉体已经壮丽腐朽。
就在玄色墙幕侧身的空当儿，布满管线的秘密王国里，黄色门把手上长出了金色胳膊。

一动不动的布猴子和毛绒玩具，
徒具思索的样子。
保温杯里爬出来结痂浮萍，
心底想大吼一声。

假漂亮和苍蝇拍手

“我有一个朋友，在千叶。”拍手说。

“那么她会神经铰接术。”假漂亮说。

“是她还是他？”他们同时感到隔阂。

大家都不想分手，但还是决定要分道扬镳。

当时我恰巧在场，想劝阻一句却慢了一拍。

直觉说：我将有求于他们。

这天晚上，茅屋外来了一群沉默怪人，

披着战壕雨衣，低着头，手揣在裤兜。

他们是宇宙采矿者，的确来自千叶，不知为什么却空手而回。

我数了一下，大约有百十来个。中间没有我熟悉的两位朋友。

“反正没有事做，就来找你编织苍蝇网页。哈哈。”有人打破冷场。

“找错了人。你们还是应该去找拍手。”我装出平静的样子，建议。

他在MADSCAN，他们一起叫喊。狂妄的嗡嗡声。

那么假漂亮呢？她在与死人对话，只是时间受到制约。

一阵又一阵，尸体的弥留在咕噜咕噜蒸发，但快慢很难把握。

因此，房间里留了一个中年男人，提着一只钟，汩汩流淌阴晦眼神。

是“第三类接触”吗？不是，寓意已有所发挥，采矿者说。

他们已亲眼看到真相，在奇点“之外”。

其中一个小 Wu 透露，他们之后还有长队。

会接踵而来，披着战壕雨衣。身体白白的。

“这些蛆很快就会羽化，所以你不必担心。”

但这时拍手出现了，逐个拍打。四溅的脑汁上落满苍蝇。

真的是火眼金睛。他真的很酷。聚碳飞虫，竟也不躲闪。

好一场歼灭战，每一拍，我的心口扎上一根针。

“小 Wang，咱们离开这里，回家去。”

在我痛苦的海洋中，泛起他温存的回声。我泪如泉涌。

“感谢你及时来到。但是……”

“别说了。让我们去昔日地下咖啡厅。聊聊心里话，听致命乐声。”

我会跟他走吗？我的污点已被驱逐干净。

“不要自愧，成长的索引总是错误百出。假漂亮小姐。”

于是，在那黑白交接的通道出口，

我又看见了小小飞虫，在唇边，棕色的停留。

归来

神父哆嗦的声音穿透了彩色玻璃。
历史正在向珊瑚深处犹疑着聚集。
但谁也不说，那儿原是老鼠乐园，
把衰变的脚步奏响，让原子核跳舞至死。
遍地是欢庆的动物，山海之间大步走路。
斑马线上蛇行逶迤，男人鼻尖汗珠淋漓。
从平原来，从北方来，
从伟大强盛的帝国来，
堆笑而肥胖的麒麟群！
小姐，温泉，并及象牙肤色；
水泡，痉挛，还有万千赌客！
圣诞之际，
他们来了，
越过水粉画的桥，横跨海道，
在天地间扔下一道红色闪耀。
吓得牛鬼蛇神四散而逃，
慌乱中扔掉了手中股票！
但面对一切丢弃的，

我却不能一一命名，
因为它们统统新颖，
肥臀上还沾满脂粉。
他们和她们是别了！
而将士们，你们可是第一次来临？
拿了刺刀，蜂拥去到土耳其浴室，
那里有熠闪潮湿的肉身绽放重启。
初见之下或会心惊胆战，
但你们又怎能按兵不动，
只是把虚无的红旗升起？

是谁隔了熊熊目光，直击火龙？
三桅帆的海中，宇宙之弦跳动。
砸碎白色镜子，做通天的塔途，
这些远方来客，竟敢横穿马路！
调戏八国联军，吆喝白肤女子，
随手从口袋中翻出现钞和雷霆。
哦，就是这天的凌晨，
我来到教堂旁的小巷，
见神父跪下向你求乞，
你不是基督，却比他更甚。
但安知时间怎能随意过去？
如若斜坡并及黄昏的决离。
罗望子树围聚成倒影水塘，

提琴声却来自火焚的牌坊。
在古老废墟前，信徒们席地围坐，
中央的枯枝尖，挂起传教士头颅。
白衣的黑发少女，圣诗指挥者，
月色在她的肩头，粉碎成灵辉。
昔日在焚烧，海浪在锅中沸腾，
小女孩变身口水横流的老祖母。

仅仅我们新到的少年，是旧世界审判者，
在夜中大摇大摆，口吐粗话，跨越街衢。
把几百年的花地砖左踩右踏，不管不顾，
流了血的汉白玉台阶，我们也迈得过去。
路灯下面大声询价，且莫让人看出自卑！
呵呵，说什么上帝定会来拯救罪人——
连他本人的恶名也尚未定论！

即景

绿树林荫翳的间隙，
两三丛灰扑扑鸽影。
黄色大楼的砖墙中，
少女脸庞凝固成形。

老去

你老去的瞬间才吸引了我的注目，
青丝里的白发惊心动魄乍露一支。
镜中映照出憔悴的爱盼而不自知，
正是绿野上欢娱伊始的孟春之时。

京沪夜行列车遇老年夫妇

车上二老者，
京沪联姻人。
牛仔裤型下，
凸出大骨盆。
老汉喜爬高，
上下频攀登。
老妇爱聒噪，
乌雀翅拨腾。
两地孰优劣？
争执若顽童。
语及当年事，
堪堪怀春心。
人生难百年，
却存万载梦。
且听老妇言，
娇声多嘤咛：
“他已七十二，
体健似苍鹰。

常与同龄友，
三人结伴行。
天上铺岐路，
胸前挂佳能。
忽入高山中，
镜前云霞深。
偶遇两少女，
赠予红绸绫。
手舞又足蹈，
空谷传枭鸣。
飘摇在山涧，
白发与绿荫。
三老喋喋笑，
不惧失足恨！”

列车向北驱，
浮棺与潜龙。
轨如鱼鳔骨，
体若花中魂。
晨间见恶鬼，
夜半传鼾声。
醒来怅然坐，
默对精舞门。
分倚东西窗，

无语似枯藤。
车外皆荒芜，
漠上有红尘。
朝霞与古屋，
沉沦幽燕城。
隐然有村姑，
扮作女民兵。
车里矫叱走，
来回多逡巡。
二老唯喏喏，
垂颈若幼熊。
老妇又开口，
声气已浊浑：
“海外有大鱼，
儿孙不得归。
我自得其乐，
感遇好光景。
昔日为少女，
不得穿丽裙。
最惧痴呆症，
对面不识君！”

地如蓖麻皮，
身似无迹萍。

佛若受供养，
便自成仙人？
旭日仅半切，
即同月初升。
末世追身后，
时越五百村。
冻河无浮鸭，
绝地有曲径。
残林悬枯尸，
乐园迷人踪。
铁车走冤鬼，
纸马跃天宫。
龙潭不见湖，
危楼万丈冰。
命在一指外，
黑鸦逐白影。
国已若金汤，
家犹似水银。
风景片片垂，
死去还转轮。

梦行山东

雷雨在森林中默想，
神秘动物统统装样。
黄手臂缠绕黄手臂，
藤蔓织的血肉疯长。
人类站在树下不动，
歪着头把山顶打量。

一船人已在路上，
高楼后飘满月亮。
渴望死亡的心中，
凝结起氤氲气象。
我们要到山东去，
两岸伏满青纱帐。

烧掉的人

在两千公里以外的皇城，
在暖气炙烤的议事厅中，
他们谈论那些烧掉的人。
烧掉的人没有自己的坟。
他们弹落指头上的烟蒂，
就像是拂去骨灰做的云。
这些云会坠落到报纸上，
化成一段段冰凉的诅咒。
这时他们呷了一口茶水。
嘴角浮出铁丝般的笑意，
用贬斥老鼠臭虫的口气，
继续评议那些烧掉的人。
谈笑风生之后去吃工作餐。
这是为了庆祝一种世界观。
他们觉得那些烧掉的人，
应该跟他们一样，
没有灵魂。
对，正是如此。

就在两千公里以外的严冬，
他们一边喝酒，一边皱眉，
商讨全新的善后处置方案，
盘算要在他们烧掉自己之际，
用铁钩将肉身从烈焰中抓取，
拖出来挥舞在蓝天之下，
就像马戏团的那种把戏，
却比驯兽师的表演热烈，
把他们焦黑的皮肤剥除，
在上面写下正义的汉字，
再使用电视信号，
劈开亿万年雪山，
以及山下的寺庙，
和寺庙外的比丘。
从此再不许轮回。

舌上之海

这一片海水中也有大旋涡鸣响，
锈迹斑斑的津液把贪欲掀起五尺浪。
腥臭的狮子假寐在湿淋淋的枕席上，
刀剑腾飞的前夜或许正是这样。

也曾经舔咂森森白骨，
亮晶晶的鱼刺插入巨鲸之腹。
七味调色板上卷起平地潮汐，
只不过是眼睛宿敌看到的这些。

素面下的恒星主宰者，自私的行动家，
哪怕是呕吐后的气味，也让乞讨者神思醺醉。
见巨蜴从下水道中爬出，在发绿的氢气河中，
跳印度舞，永不迷路。

随即化作冬眠后爱哭的蛇，
在洞府深处咬紧牙关喘息，
冥想青杨梅与春天的花酒，

在呲呲怒吼的草丛中游走。

再爬上白色无味的山丘，
在风暴来临的刹那蜷缩。
却不知它也会颓然倒下，
肺鱼误入捕兽器的大陆。

有一天无常也带它去旅行，
雪融后海水吐出焦黄舌魂。
它曾经是枯草脑腑的命君，
就像胚胎夜夜霸占着母亲。

烧成灰烬的只是向上一面，
另一面刻满了人世间阳符。
红尘中一朵湿漉漉黑玫瑰，
铸就烈焰本体的不坏金身。

胎儿

茶杯后一张张变形的雌兽脸庞，
暴露了腹腔中胎儿如猎人潜藏。
粉红的肥沃泥土在黑袍下膨胀，
随时打算破坏身体孕育的幻想。

老虎

老虎长着人的脸庞，
爪子在肺腑中回响。
百兽之王走过雪地，
眨眼间把夜空染黄。
大猫莅临时静悄悄，
古庙拂动一炷暗香。
不乘雷电，不驭风云，
原野之水，轻飏流淌。
浸入绿油油的辽阔丰茂，
化作了群山熔融的幻想。
好像老虎本身就是岩石，
虬曲着磨砺寂寞的疯狂。
但就算如此这般的嚣张，
也不能在它面前装模作样。
只因为老虎本来男人女相，
是花轿里匪徒乔扮的新娘。
搂抱着山中大王尽欢一夜，
醒来后发现仅余草垫一张，

蜕去的斑斓之皮形迹乖张。

永恒的锁链是一副虎骨，
在雾锁的山麓飞扬飘忽。
老虎在丛林间扮着鬼脸，
在草地上与孩子们游戏。
笼中之虎令我放慢步履，
内心满载对世界的狐疑。
但我怎样才能骑跨上它？
那异彩多姿的海波幻影，
及无处不在的坚固回忆。
它从虚空中火云般扑来，
咧嘴大笑把我一掌攫住，
我慌乱失措，进退无据。
猎人说，以平常心待虎。
可我又怎能扮作猴子，
灵巧地攀上它的头颅？
我只能梦中揪住虎尾，
在峡谷上行秋千之舞。
我趴在天窗边暗暗窥视，
平行世界也无虎的踪迹。
我越过宇宙的亿万巅峰，
看到雌虎正在泪流满面，
喘息着把碗大星空仰视。

我试图在自家花园中下套
却不料捉住了苍老的慈父，
他老虎般挣扎，浑身血污，
冲着我连声咆哮，
我只得转身逃跑。
我不是一只虎，
怎能擒获猛虎？
就像怎能虎是虎，
而不是龙或罴？

虎行走在天幕，
爪子敲响锡鼓。
毛乎乎的肚皮，
擦过青草潺湿。
我听见她心跳，
轻语一件秘密。
我便五体投地，
遂尊她为首领。
咦，
众虎聚于雪野，
我多想领回我的一只，
但我只能艳羡地远视，
想象山岭间风云涌起。
湿漉漉的喘息，

金刚钻的爪牙，
石磨盘的利齿，
或才能稍平息，
争权夺利心意。

在老虎的面前，
我只是一个人，
却要学那比干。
在他的心脏里面，
是菠菜的另一半。
我要做秦王，死在沙漠，
那些虎贲的玄黑色大军，
却跑入了金灿灿的时间。

兴隆

从兴隆开始，
出发到彼岸。
群星紧绷着脸，
炽热的心在微颤。
沉浸在喜悦的敬畏中，
等待进化之身的再现。
握住你的温润小手，
无边的黑暗在周遭起伏。
倾听天幕后的亿万鼓点，
树木昂起了不屈的头颅。
穹楼下的低狭密室里，
是花白山羊胡子大叔，
和他的金发碧眼妻子，
与青铜仪器一席低语。
相伴一夜，不舍离去，
心物交融，犹如水乳。
从兴隆开始，
回到了此岸。
我已不再是昨日的我，
旅行车窗被冰霜封严。

诗人

给不会画画的诗人，
准备半泓玻璃湖水。
一叶扁舟横穿竹林，
三只青蛙单足伫立。

圣诞女郎

穿红的是圣诞女郎，
火一样的苗条奔忙，
金色的容器在闪耀，
小提琴和吉他奏响。

已然是在时间的尽头了，
她们依旧蝴蝶一样欢笑，
仿佛是杯水间的温暖，
令西服革履的男人慌乱跌倒。

但那信仰仍然在虾与蛤之外，
于黄油和香草冰淇淋的边界，
耶稣基督的沉静脸庞，
挂钟般躲进紫色裙带。

领导与鲜花

领导在飞快老去，
就像他们手中的鲜花。
鲜花在飞快死去，
就像它们身边的年轻人。

昼夜平分

格子床单、绿窗帘和宇宙尘，
织女、雪山、火炬中的祥云。
这一切都是陌生可疑的景物，
怎堪比儿时听到的电子乐曲。

钟表下小猫们不停抓耳挠腮，
一只只出没，倒下又站起来。
在没有鱼群的长夜之壶里面，
只为着把女主人的灵魂膜拜。

尘世

绿地外，菜叶边，鸭子呱呱叫。
读书人，中年汉，斜坐板凳角。
过路客，不经意，彼此表情常奇妙。
大雪山，追击者，散兵线，围上了。
情急迫，事紧张，值此时——
我踩窗棂，轻松跃，攀金顶，
浑然间，化身为，一座莲花空中岛。

佛法

佛法即兔角，
无觅便可觅，
何处见觉者，
总是无菩提。

看，这些标本

一、绽放

很多闪灵在注视你。那些从冰河中醒来的幽魂对世界再没有了畏惧。

清澈的目光，质朴的外衣，蓬勃的黑金城府盛开，迎来了绽放时机。

他们正在绽放。像刚刚从监狱中假释，便把裸体迫不及待对准镜头。

数不清的标本，在枣墨色或肝黄色的多汁背景上盛开，糜烂的青色沃土在人体的膨胀下加倍扩张。

纯真的伪装之上，翱翔着异形、机器人、激流中的吃人鱼。但他们不在乎，两眼朝天，置若罔闻。

在深夜一样的清晨，灌木般笔立，忐忑而大胆，局促而放肆。

他们还像半死人，却在七彩的熵之河中挥洒自如。

他们在机器的眼中显形为另类，却因而彼此熟悉。

他们聚在一个餐桌，撕吃生肉，却喝得酩酊大醉。

他们被一帧帧图像分开，却早已千锤百炼为合体。

那时的中国人像越南人、缅甸人，但不像中国人。

那时再没有中国人比中国人更像中国人。

他们形象清晰，但依然面目模糊。

他们规规矩矩站着，却蠢蠢欲动。

男人羞涩，女人表情浮夸，小孩欲望丛丛。

男人脑后没有辫子，也没有魂魄。

男人虽然装傻，却总是有小动作。

男人是一群群爬行动物，蟑螂、仙人掌和老虎的交嵌。女人往往浑身挂满泡沫。

也一直有孩子，被红脸的大人私下里装配起来，强拉至广场。而他们并不怯场。

他们知道却不去思想，装作看不见脚下有亿万具尸骨埋葬，那曾是杀头的地方。

他们兴冲冲出发，去占领海洋、宇宙和城乡接合部，这支饥饿窟中拱出的行伍。

他们游过散发阴沟和精液味道的繁华大街，在紫玻璃的恒星光照下。

他们横渡苔藓，原生动物浆，浮垢的颜面，天空中肉感云霞的诱惑。

他们闯入幻象繁复的花园，欢呼获得自由，踩踏瓷砖和腐败的髑髅。

他们在光天化日之下盛开，他们做完噩梦后在一夜间绽放。

二、学习

他们虽重视影像，却蔑视天道。

他们一出来就学会了面对镜头，向自己学习，别出心裁的生存之术。

他们搔首弄姿，肆无忌惮，又扮演腼腆的义和团。但这是时代假象。

他们惊恐时，学习把自己浸泡在鲜花的黏液里，并戴上大怪兽面具。

他们在二维魔方里沉默，却于无言中创造世界奇迹，并创造可以毁灭世界的奇迹。

他们已学会了购物，满载轻薄而丰厚的赝品而归，却仍然望洋兴叹，或极不满足。

他们学习把自己投射在钢筋水泥的颅相上，把宿命和梦魇刻入汽车、摩托车、自行车和晶体管收音机的骨牌。

他们学习把不便告人的衷情书写在陋室的排风扇、台灯、车牌、微波炉、电脑键盘和电冰箱的褪色白纱布上。

那时还痴迷电视机，但电视机并不是电视台的制成品，而只是他们脑浆的酿造。

他们开始崭露头角，学会了二人转和集体舞，而更大的喜剧还在后头，卖弄地打着悲剧的旗帜。

他们自带傻瓜相机，模仿香港惊悚片主角，在模拟实战中忘我学习，成为表演高手。

男人学习单独站着，男人和男人赤身牵着手，男人和男人身穿劣质西服，勾肩搭背。

女人学习平铺直叙凝视男人，女人和女人投出各各防备的眼神利刃。

女人学习伸手从后面环绕男人的乳根，像一株修炼成精的千年古藤。

被缠住的男人安静地端举并抚摸自己脚背，那上面晾着便宜的黑丝袜和黑皮鞋，仿佛破解宇宙之谜的算子。

大腹便便的中年男人，学习用皮带上的瘤样黑腰包，顶紧蕾丝泳装的女郎肚皮。

就好像他们已互为人质人弹，这可不是前生修来的，而是拜时代之赐。

情侣们都草草披上了泳装，姹紫嫣红，学会了用坦荡来掩藏。

学会了利用一切比自己身体更大的物质来衬托，这无师自通。

他们不敢单独呈现，他们和饰物间的关系紧张，却刻意放松。

他们还很像蝇蛆，却学会了筋斗云，做齐天大圣，平地而起。

那时已从一贫如洗中学会了饕餮，以及不老术。

学会了山寨灵魂，将之揣在衣兜里呓语或喘息。

他们把上身打扮得洁白，却裹着肉红色的内裤。

他们的每一簇肌群都用力勃起，却萎靡得无形。

他们鼓鼓囊囊的衣服后面，藏着吓瘫巨龙的秘密。

那时完全不像今天的衣服，只是衣服和它的牌子。

那时衣服是全世界。那时不在乎世界怎么看他们。

他们学会了如何去笑，才做得出无害的对外形象。

他们发皱而脱落的额头上，爬满井底天，独占并强迫与人分享。

满街的红唇如蝶，眼角翻翻，在啤酒和骨渣中学会了快速忘却。

就像满桌的饭菜，学会了把刚吃进的吐出来，好像更淋漓痛快。

那时万物缤纷，心醉神迷，烟火扑腾却空空荡荡。

那时他们已从挖煤矿中学会了采铀矿。

轰隆隆！每一页画面都在自杀式爆炸。

他们一夜间从幻觉中学会了再造火药。

三、名满寰宇

但我没有看到钞票，也没有看到十字架的铁镐。

或许原就没有，或许已被洋大人从时间中移走。

本来，插在餐桌上的尸堆中或许更好，像菜谱一样。

但连海洛因也不曾现身，好像这些必需品并非必要。

也没有病榻、坟墓，虽则它们无处不在，气韵充盈。

其实也没有摄影师。对中国只能稍加整理，而无力创造。

也不能记录，相机一上手，就立时化作石头。

他们瞬息万变。但就算这样，也将名满天下。

他们踌躇满志，自此之后，不再走那回头路。

他们心知如此，总是随口而笑，仿佛从不知晓严肃。

他们也偶尔像人一样严肃，把笑当作劫后的易耗品。

他们是用西式外科手术切割了泪腺的第一代中国人。

大人，小孩，老叟，熟女，青年，玩具及工具，永远笑着。

他们笑喷了苦胆，背对玛丽莲·梦露、蒙娜丽莎和“兰博”。

但那时只有麦当劳大叔。不过骑上华尔街铜牛，也就是一蹴而就。

他们已拥有漫长旅途及不归之途，站着不动，就开始了长征梦游。

他们在咔嚓一声中走到了乌有乡的尽头。

他们直视我们，不在乎未来的惊诧目光。

他们眼中的风景比我们的更简单也更华丽，喧闹的丛林温室。

光影与脸庞交织，鼻息粗暴，花海中沉船呼啸。

他们滑腻腻的，娴静而土气，却必定号令天下。

他们不指鹿为马，只视鲨鱼如小狗，世界为猫。

他们赤着泥脚，却已走过几千个宇宙。

他们身上最闪亮的，只剩下墨镜。

他们熟视无睹，一切已胸有成竹。

那时的世界还仅刚刚具有呈现的价值。

那时的人像国家一样没有长开，也还没有长牙。

那时权力只是人群身后的几座灰色雕塑。

但那时嘴已像鸟，鸟像翅，而翅像万物。

一夜之间所有的天堂和地狱都已备齐了。

多少年过后他们又穿越时光回来找我们。

只看到他们有脸，但没有脑，没有腰，没有外表。

只看到他们是锈迹斑斑的没有嘴的文物。

只看到他们被岁月抹除，陷入泥淖，连洋人也无法修复。

只看到他们从异世中异化掉，化作自己也不认识的他物。

但他们没有变成垃圾，却成为了无价之宝，宇宙中最康庄的黑洞。

他们没有变成垃圾，只变成了我们。

图书在版编目（CIP）数据

假漂亮和苍蝇拍手 / 韩松著 . -- 南京 : 江苏凤凰文艺出版社 , 2018.10

ISBN 978-7-5594-2518-8

Ⅰ . ①假… Ⅱ . ①韩… Ⅲ . ①诗集 – 中国 – 当代 Ⅳ . ① I227

中国版本图书馆 CIP 数据核字（2018）第 152453 号

书　　名	假漂亮和苍蝇拍手
著　　者	韩　松
责任编辑	黄孝阳　汪　旭
出版发行	江苏凤凰文艺出版社
出版社地址	南京市中央路 165 号，邮编：210009
出版社网址	http: //www.jswenyi.com
印　　刷	鸿博昊天科技有限公司
开　　本	880 × 1230 毫米　1/32
印　　张	3
字　　数	57 千字
版　　次	2018 年 10 月第 1 版　2019 年 2 月第 2 次印刷
标准书号	ISBN 978-7-5594-2518-8
定　　价	38.00 元